COLLECTION DE M. D'[ubois]

M. CHARLES PILLET
Commissaire-Priseur

M. FRANCIS PETIT
Expert

RENOU ET MAULDE

IMP. DE LA COMPAGNIE DES C^{ERS} PRISEURS

rue de Rivoli, 144.

Collection de M. D***

TABLEAUX ET DESSINS

VENTE

HOTEL DROUOT, SALLE N° 5

Le Jeudi 16 Février 1860, à 3 heures précises.

EXPOSITIONS { **PARTICULIÈRE.** Le Mardi 14 Février
PUBLIQUE. Le Mercredi 15 Février

DE UNE HEURE A CINQ HEURES.

PARIS

M⊃ CHARLES PILLET, Commissaire-Priseur, rue de Choiseul, 11.
M. FRANCIS PETIT, Expert, rue de Provence, 48.

CONDITIONS DE LA VENTE

Elle sera faite au comptant.

Les Acquéreurs paieront cinq pour cent en sus des adjudications, applicables aux frais.

Le Catalogue se distribue :

A PARIS	M. PILLET.
—	M. FRANCIS PETIT.
A BRUXELLES	M. GÉRUZET.
—	M. HOLLENDER.
A LIÉGE.	M. VAN MARKE.
A LA HAYE	M. VANGOGH.
A AMSTERDAM	M. DE WRIES.
A LONDRES	M. GAMBART.
A BERLIN	M. LEPKÉ.
A ROTTERDAM	M. LAMME.

DÉSIGNATION

DES TABLEAUX

N° 1

CHARPENTIER

Tête de jeune femme.

H. 58 c. L. 47 c.

N° 2

DECAMPS

Berger et son troupeau surpris par l'orage.

H. 79 c. L. 118 c.

N° 3

DECAMPS

École turque.

Ce tableau est connu sous le nom de la petite École turque.

(Forme ovale.)

H. 32 c. L. 40 c.

N° 4

DECAMPS

Le Condottieri.

H. 34 c. L. 2 c.

N° 5

DECAMPS

Famille italienne.

H. 3? c. L. 31 c.

N° 6

DECAMPS

2,525. La Fuite en Égypte.

H. 18 c. L. 10

N° 7

DECAMPS

4,050. Chevaux au pâturage.

H. 18 c. L. 20 c.

N° 8

DECAMPS

6,000 La Petite fille à la chèvre.

H. 18 c. L. 20 c.

63,290.

N° 9

DECAMPS

5,050. Paysan et son âne. Mr. Cottier.

H. 13 c. L. 20 c.

N° 10

DIAZ

650. Troupeau de bœufs au soleil couchant.

H. 28 c. L. 40 c.

N° 11

DIAZ

860 Nymphes endormies.

H. 24 c. L. 34 c.

69.850.

N° 12

DIAZ

375. Une Vénus.

H. 33 c. L. 21 c.

N° 13

DIAZ

1,550. Diane chasseresse.

H. 42 c. L. 21 c.

N° 14

DIAZ

1,250. Mare au bord d'un bois.

H. 36 c. L. 14 c.

73,025.

N° 15

GALLAIT

1,850.

Le Repos.

H. 19 c. L. 17 c.

N° 16

GALLAIT

2,175. Jeune mère et ses enfants.

H. 19 c. L. 17 c.

N° 17

GALLAIT

1,805.

Tête de vieillard.

H. 38 c. L. 47 c.

78,955.

N° 18

GELLÉE DIT CLAUDE LORRAIN

Vue d'un ancien port.

Des femmes, sur le rivage, attendent l'arrivée d'un navire.
(Vente Erard.)
H. 122 c. L. 173 c.

4,800.

N° 19

MARILHAT

Caravane près d'une fontaine.

H. 24 c. L. 36 c.

6,600.

N° 20

MARILHAT

Le Passage du gué.

H. 35 c. L. 62 c.

7,050.

96,905.

N° 21

MERLE (HUGUES)

4,60.   L'Escarpolette.

H. 32 c. L. 24 c.

N° 22

MERLE (HUGUES)

300.   La Corde à sauter.

H. 32 c. L. 24 c.

N° 23

MERLE (HUGUES)

400.   L'Aumône.

H. 40 c. L. 22 c.

98.665.

MERLE (HUGUES)

670.

Ronde d'enfants.

H. 19 c. L. 21 c.

MERLE (HUGUES)

850. Un Mariage à Saint-Marcelin (Isère).

H. 18 c. L. 36 c.

MERLE (HUGUES)

375.

Une Baigneuse.

H. 80 c. L. 100 c.

44.940.

N° 27

MERLE (HUGUES

140.   Tête d'étude.

H. 54 c. L. 43 c.

N° 28

PRUD'HON

Le Sommeil de Psyché.

(Collection de la Malmaison.)

H. 96 c. L. 145 c.

Retiré.

N° 29

VAHLBOM

La Cavalcade.

H. 102 c. L. 140 c.

380.

100,660.

DESSINS

N° 30

COGNIET (LÉON)

Un Rêve.

(Dessin rehaussé.
H. 28 c. L. 39 c.

820.

N° 31

DECAMPS

Siége de Clermont.

... Ecdicius les ayant attaqués et les poussant de nouveau devant lui, tout ce qu'ils purent faire fut de charger sur de nombreux chariots et d'emmener avec eux les corps qu'ils n'avaient pas encore eu le temps d'ensevelir. Mais à mesure qu'ils rencontraient une habitation, une chaumière déserte, ils y mettaient le feu et y jetaient quelques-uns de ces corps, auxquels les débris embrasés de la chaumière servaient à la fois de bûcher et de tombeau.

FAURIEL., *Histoire de la Gaule méridionale*, tome 1, p. 332.

(Dessin rehaussé.)
H. 57 c. L. 109 c.

8,350.

N° 32

DECAMPS

220. Jeune mère et son enfant.

(Dessin.)

H. 14 c. L. 20 c.

N° 33

DECAMPS

1,480. Un Mendiant italien.

(Dessin rehaussé.)

H. 63 c. L. 49 c.

N° 34

DECAMPS

520 Le Forgeron.

(Dessin rehaussé.)

H. 19 c. L. 14 c.

11,860.

Nᵒ 35

DECAMPS

La Maison du pêcheur.

(Dessin.)

H. 23 c. L. 30 c.

Nᵒ 36

DECAMPS

Laveuses.

(Dessin.)

H. 17 c. L. 25 c.

Nᵒ 37

GREUZE

Le Paralytique servi par ses enfants.

(Provenant de la collection Révil.)

(Dessin rehaussé.)

H. 52 c. L. 65 c.

N° 38

PRUD'HON

Innocence et Amour.

(Dessin.)

H. 33 c. L. 42 c.

(Extrait du catalogue de la vente Révil, 28 février 1845.)

Innocence et Amour, tel est le titre sous lequel ce charmant dessin est gravé ; il représente, dans un beau et riche paysage, une jeune fille se défendant contre les caresses d'un jeune paysan. Ce groupe est dessiné avec toute la grâce qui distingue les ouvrages de Prud'hon. Un pot au lait renversé au pied d'un arbre semble aussi rappeler la fable de Perrette et son pot au lait. Dessin très-terminé, au crayon noir sur papier bleu et rehaussé de blanc.

Renou et Maulde, imprimeurs de la Compagnie des Commissaires-Priseurs, rue de Rivoli, 144.

Soyez sans regret, mon cher ami : tous nos
prix ont été tellement dépassés que je n'ai rien osé
acheter pour mon père : je crois que vous approuverez
les sens que j'ai donné à la dépêche que je vous ai
communiquée ce matin — Sans folie : — j'ai donc
suivi cette recommandation. — Quant aux deux
dessins en question, j'ai fait pour vous comme pour
mon père, — pas de folie.. Voyez les prix.

Je n'ai pu avoir dans tout cela que la fuite en
Égypte et j'ai dû la payer 25 25 plus 5 %. c'est bien
un peu cher mais Madame Gaillard m'avait donné
un ordre illimité.

Serez-vous assez bon pour m'envoyer le catalogue
ce soir ou demain matin

            Tout à vous d'affection
                        Émile Gaillard

Fd 1/2 Jeudi

www.ingramcontent.com/pod-product-compliance
Lightning Source LLC
Chambersburg PA
CBHW050733070726
47597CB00009B/3912